Disney

PIRATES des CARAÏBES

LÉGENDES DE LA CONFRÉRIE

Cet ouvrage a initialement paru en langue anglaise en 2008 chez Disney Press sous le titre
Legends of the Brethren Court, The Turning Tide
Écrit par Rob Kidd
Basé sur les films *Pirates des Caraïbes*, créés par Ted Elliott & Terry Rossio

Traduction de l'américain par Nathalie Peronny
Conception graphique : François Hacker

Hachette Livre, 43 quai de Grenelle, 75015 Paris

Disney

PIRATES des CARAÏBES

LÉGENDES DE LA CONFRÉRIE

Le Seigneur de l'Inde

hachette
JEUNESSE

AMMAND

Black

GENTLEMAN
JOCARD

Atlantic
Ocean

VILI

JACK SPARROW

Mediter

Caribbean
Sea

CAPITAINE CHEVALLI

MAÎTRESSE
CHING

Neuf Seigneurs Pirates règnent sur les Sept mers qui s'étendent des Caraïbes jusqu'en Asie. Ils forment à eux neuf le Tribunal de la Confrérie.

Sept mers

DEPUIS LA NUIT DES TEMPS, CES PIRATES D'EXCEPTION N'OBÉISSENT QU'À UNE SEULE LOI, CELLE DU CODE DES PIRATES. AUCUN D'ENTRE EUX N'OSE-RAIT ENFREINDRE CE CODE SACRÉ...

...SAIRE

VA

Caspian Sea

BARBOSSA

Sea

South China Sea

SAO FENG

SRI SUMBHAJEE

Indian Ocean

...dagascar

Jack Sparrow

Le capitaine du *Black Pearl* est sans aucun doute le pirate le plus excentrique des sept mers. Provocateur et drôle, il aime impressionner ses amis (et ses ennemis). Il est connu dans toutes les Caraïbes pour son incroyable talent de menteur. En bon pirate, Jack est prêt à traverser les mers pour une cale de bateau remplie d'or... Rien ne l'arrête, pourvu que son équipage l'appelle « Capitaine » !

BARBOSSA

C'est le maître d'équipage du *Black Pearl*.
Malhonnête et sans scrupule, il n'est pas aussi fiable que le croit son capitaine. Il rêve de prendre la place de Jack : entre les deux pirates c'est souvent la guerre ! En un mot, Barbossa veut faire main basse sur tous les trésors et détrôner Jack !

DAVY JONES

Capitaine du vaisseau fantôme *Le Hollandais Volant*, Davy Jones sème la terreur sur les sept mers. Mi-homme mi-pieuvre, il vit sous l'emprise d'une malédiction, comme son équipage monstrueux. Jack a signé un pacte dangereux avec lui : Davy Jones lui a offert le *Black Pearl* pendant treize ans à condition que Jack lui donne son âme...

À l'abordage...

Des voiles blanches claquent dans le vent. Les planches du pont, étincelantes de propreté, brillent au soleil comme du bronze. Chaque centimètre du bateau a été frotté avec soin, chaque objet est rangé à sa place. Les marins chuchotent que c'est le seul navire au monde sans rats, ni cafards. Ici, le désordre et la vermine ne sont pas les bienvenus.

On pourrait penser que naviguer à bord du *Peacock* est un rêve pour les matelots… Mais il y a des choses pires que les rats et les blattes.

Sur le *Peacock*, personne n'a le droit de se reposer. Le navire fend les vagues comme une machine bien huilée, et ses membres d'équipage ne sont que des esclaves aux yeux de leur capitaine. Si un marin est surpris ailleurs qu'à son poste, on le jette à la mer !

Tous les marins savent que c'est de la folie d'embarquer à bord du *Peacock*. La cruauté légendaire du capitaine s'est répandue à travers les Sept mers…

Le capitaine se tient à la proue, vêtu d'un long manteau de laine blanc malgré la chaleur du soleil. Son grand chapeau blanc recouvre ses yeux bleu pâle et son visage en lame de couteau.

Son nom ? Benedict Huntington.

— Comment un seul pirate peut-il attaquer presque tous les bateaux du port de Bombay depuis quinze ans ? grogne-t-il. Comment ose-t-il piller les richesses de la

Compagnie des Indes ? Remplir ses coffres avec *notre* or, *nos* épices, *nos* bijoux ? Et surtout, pourquoi est-ce que *personne* n'est capable de localiser sa forteresse ?

— Heu… bafouille l'homme qui se tient à côté de lui, nous sommes presque sûrs qu'elle se trouve sur une île de l'archipel au sud de Bombay.

À Singapour, Benedict a engagé ce représentant de la branche indienne de la Compagnie pour le guider à travers l'océan Indien et le renseigner sur le Seigneur Pirate Sri Sumbhajee… et, aussi, sur Jack Sparrow, le célèbre capitaine du *Black Pearl.*

Benedict s'est battu avec Sparrow à Hong Kong. Huntington et ses hommes ont profité d'une réunion au sommet entre pirates pour attaquer tout le monde. Les *deux* Seigneurs Pirates de l'Asie étaient là : Sao Feng et Maîtresse Ching. Les deux pires ennemis de la Compagnie. Et grâce à Jack Sparrow, ils se sont échappés sans laisser de traces !

Mais avant de s'enfuir, Sparrow a laissé un indice sur sa destination : Benedict l'a entendu dire qu'il se rendait en Inde, à la recherche d'un Seigneur Pirate nommé Sri Sumbhajee.

À la Compagnie, tout le monde connaît la réputation de Sri Sumbhajee, Seigneur Pirate de l'océan Indien : il pille tous les bateaux qui entrent et sortent du port de Bombay depuis quinze ans. Benedict pensait que les agents indiens seraient ravis de mettre la main sur lui. Il n'aurait jamais imaginé que ce représentant se révélerait si inutile !

— Est-ce donc si difficile de fouiller ces îles ? dit-il à l'homme. À quoi est-ce que vous passez votre temps, à Bombay... Vous comptez vos orteils ?

— Heu, si je peux me permettre, vous n'avez jamais réussi à capturer un Seigneur Pirate dans votre secteur... Prenez Maîtresse Ching, par exemple... AAAAAAAAAAAAAAAAAAAH !

Les hurlements de l'homme se terminent par un grand SPLASH. Ce n'est ni le premier, ni le dernier à passer par-dessus le bastingage du *Peacock* pour avoir provoqué la colère du capitaine…

Benedict scrute l'horizon.

— Où es-tu, Sparrow? murmure-t-il.

Il sent une chaleur contre sa poitrine. Il plonge la main dans sa poche et en sort un petit miroir argenté.

Il ouvre le couvercle du miroir et souffle dessus. Un nuage de buée se forme à la surface, puis s'efface. Un visage apparaît…

— Bonjour, chérie, murmure Benedict. J'attendais de vos nouvelles. Désolé d'être parti si vite, je n'ai même pas eu le temps de vous dire au revoir. Mais… vous avez l'air bizarre!

En effet, Barbara Huntington offre une apparence inhabituelle: elle porte une robe ordinaire et ses cheveux roux sont tout décoiffés. Son visage, non maquillé, semble éclairé par la lumière d'une bougie. Derrière elle, ce n'est pas le décor habituel de leur jardin de Hong Kong qui apparaît, mais un amas de caisses.

— Où êtes-vous? On dirait que vous êtes sur un bateau...

— Bien vu, réplique Barbara avec un petit sourire. Et vous, en route pour les Indes, n'est-ce pas?

— Oui. Comment le saviez-vous? Une fois sur place, je ne sais pas comment retrouver Sri Sumbhajee... Les agents de la région sont des incapables !

— Pauvre chéri... Heureusement, j'ai de bonnes nouvelles.

— La seule bonne nouvelle, ce serait d'apprendre que vous êtes à bord de...

Il s'interrompt, la regarde.

— Non... impossible !

— Si, chéri ! répond Barbara. Surprise ! Je suis à bord du *Black Pearl*.

Chapitre 1

Cap sur Bombay !

Les grandes plumes ridicules du chapeau de Barbossa chatouillent le nez de Jack Sparrow. Penché par-dessus l'épaule de son maître d'équipage, le capitaine du *Black Pearl* les repousse d'une main pour examiner les cartes étalées sur la table de sa cabine.

— Pff… des cartes. Pour quoi faire ? soupire-t-il.

— J'ai jugé préférable d'utiliser une carte, plutôt que de me fier à tes talents de navigateur, répond Barbassa. Inutile de passer par la Suède pour aller en Inde…

— J'ai hâte d'y arriver ! s'exclame Carolina, à l'autre bout de la table. Où habite ce Seigneur Pirate que nous cherchons ?

— Heu… par là, répond Jack en désignant le pays en entier sur la carte.

Barbossa lève les yeux au ciel.

— Notre cher capitaine veut dire *ici*. (Il montre la ville de Bombay, sur la côte occidentale de l'Inde.) Depuis des années, Shi Sumbhajee attaque tous les bateaux autour du port de Bombay. D'après la rumeur, il a une base sur chacune de ces îles, ajoute-t-il en désignant un petit archipel au large de Bombay. Le problème est de localiser sa forteresse principale.

— Un jeu d'enfant, commente Jack en posant ses bottes sur la table.

— Ah oui ? dit Barbossa. Tu as un plan, peut-être ?

— Mon ami, rien de plus simple : c'est Sri Sumbhajee lui-même qui nous trouvera !

— Il paraît qu'il devine tout à l'avance, marmonne Billy Turner, adossé à la porte. Et aussi qu'il a des pouvoirs surnaturels.

— Personne ne peut tout savoir, déclare Agathe, affalée sur le fauteuil de Jack.

Non seulement la cousine de Jean Magliore a la manie de toujours se réserver la place la plus confortable, mais Jack la soupçonne de lui avoir volé des objets dans sa cabine, depuis leur départ de Hong Kong. Certains de ses coussins ont disparu…

— Quand nous trouverons l'île de Sri Sumbhajee, nous n'aurons qu'à l'attaquer par surprise et lui voler sa fiole d'Or des Ombres ! s'exclame Barbossa en tapant du poing sur la table.

— Non, répond Jack. La capture de Sri

Sumbhajee exige plus de finesse. Pour cela, il faut l'intelligence d'un capitaine.

Barbossa serre les dents, furieux. Au même moment, un bruit de chute résonne derrière la porte.

— Ah, soupire Jack. Voilà Catastrophe Shane. Billy, ouvre-lui. Carolina, cache les pistolets !

Billy ouvre la porte pour laisser entrer le pirate le plus maladroit du *Black Pearl*.

— Le cuisinier a besoin qu'on remonte un tonneau de porc salé de la cale, annonce Catastrophe Shane d'une voix essoufflée.

— Permission accordée, répond Jack. Ramène-moi du rhum, pendant que tu y es.

— Non, j'y vais ! s'exclame Agathe.

Elle se lève et se précipite hors de la cabine.

— Bizarre, dit Jack en caressant une tresse de sa barbe. Quelle mouche l'a piquée ? Elle ne fait jamais rien, d'habitude.

— Nous avons des problèmes plus urgents à résoudre, marmonne Barbossa. Regardons plutôt la carte…

Dehors, Agathe retrouve son cousin Jean Magliore près du bastingage.

— Jean !

Il se retourne en souriant.

— Bonjour, Agathe ! Tu es très belle, aujourd'hui.

— Je sais. Suis-moi !

Jean est un garçon serviable, toujours de bonne humeur. On a souvent du mal à croire qu'Agathe et lui sont cousins.

Elle se dirige vers la cale et commence à descendre l'échelle.

— J'y vais SEULE. Attends-moi ici ! ordonne-t-elle avant de disparaître dans l'obscurité.

— Tu n'as pas besoin d'une lanterne ?

Pas de réponse. Jean est habitué aux caprices de sa cousine. Avec un soupir, il s'assoit par terre pour l'attendre.

Au bout d'un moment, il penche la tête. Qu'est-ce que c'est que ce bruit ?

Un rire étouffé retentit dans le noir, en bas de l'échelle.

Puis il entend autre chose... des murmures.

Agathe n'est pas seule dans la cale !

Jean se relève. Au même moment, sa cousine l'appelle :

— Tu peux venir !

Jean prend sa lanterne et descend l'échelle. Agathe se tient entre les tonneaux et les caisses, comme pour bloquer l'accès au fond de la cale.

— Tiens, dit-elle, prends un de ces tonneaux. Moi, je me charge du rhum.

— Agathe, est-ce que tu caches quelqu'un ici ?

— *Moi* ? dit-elle d'un air innocent.

— Oh oui, toi ! Qui est-ce ?

— Personne.

— Ne mens pas, Agathe. Si tu caches un passager clandestin qui menace le bateau…

— Jamais de la vie, dit-elle. Et puis d'abord, c'est mon amie ! J'ai bien le droit d'avoir des amis, non ? Elle avait juste besoin d'aller en Inde !

— Mais tu es folle ! Que dira Jack quand il l'apprendra ?

— Si tu vas tout répéter à Jack, j'irai moi-même lui révéler ton petit secret…

— Non ! Si tu fais ça, il risque de *tous* nous abandonner en Inde…

— Exactement, dit Agathe en croisant les bras.

Jean ne sait plus quoi penser. Qui est cette mystérieuse passagère ? Jack ne devrait-il pas être informé de sa présence ?

En même temps, une clandestine seule ne représente pas un grand danger face à un équipage de pirates…

— D'accord, soupire-t-il. Mais ton amie descendra en Inde. Et tu as intérêt à me prévenir si elle fait quelque chose de louche !

— C'est fini, ta leçon de morale ? Je te rappelle qu'il y a un tonneau de viande à récupérer !

Jean obéit, à contrecœur. Il soulève le tonneau et commence à remonter l'échelle. Arrivé en haut, il s'arrête.

Ce n'est pas un petit rire qu'il vient d'entendre, en bas ?

Chapitre 2

Le Seigneur Pirate de l'océan Indien

Agrippé à l'échelle de corde, Diego observe Carolina. La jeune fille contemple la côte indienne, accoudée au bastingage. Ses longs cheveux noirs flottent au vent. Elle est pieds nus, vêtue d'un pantalon large et d'une chemise de pirate. Une longue épée pend à sa ceinture.

Elle est si belle… Depuis des années, Diego l'aime en secret. Un garçon d'étable et une princesse espagnole ? Impossible. Mais quand elle s'était retrouvée enfermée dans le fort de San Augustin, il avait volé à son secours. Depuis, ils mènent ensemble la vie pleine d'aventures des pirates. Diego espère qu'un jour, elle partagera ses sentiments.

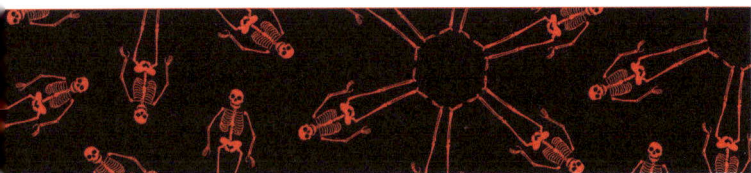

Elle lève les yeux vers lui et sourit.

— Tu peux descendre. Agathe fait encore la sieste !

Agathe est la personne qui dort le plus, à bord. Mais, depuis Hong Kong, elle fait de plus en plus de « siestes » et disparaît pendant des heures… Personne ne s'en plaint, au contraire.

— Qu'est-ce que tu regardes ? lui demande Diego.

— Je cherche des tigres, des éléphants.

J'en ai vu dessinés dans des livres, mais jamais en vrai…

Sur la côte, derrière une petite plage de sable, s'étend une immense jungle vert émeraude. Des oiseaux rouges, jaunes et bleus voltigent d'arbre en arbre.

Tout à coup…

— VOILE ! crie Jean Magliore.

Jack surgit de sa cabine. Carolina et Diego se précipitent à l'avant. En effet, un bateau émerge d'entre les îles pour venir droit sur eux. Est-ce que c'est la Compagnie des Indes ? Un navire militaire ? Ou… des pirates ?

Jack prend la longue-vue des mains de Jean.

— Ah, j'en étais sûr ! Où est Barbossa ? Il adore quand j'ai raison.

— Vous voulez dire que… c'est l'un des bateaux pirates de Sri Sumbhajee ?

— Non, répond Jack. C'est l'*Otter*, le navire personnel de Sri Sumbhajee. Il nous fait l'honneur de sa présence. Oh, oh… (Il fronce les sourcils.) J'espère qu'il a oublié l'incident de la dernière fois… Heu, je reviens tout de suite !

Il disparaît dans sa cabine.

— Pas très rassurant, marmonne Carolina.

BOUM !

Un coup de canon retentit. Le projectile atterrit dans l'eau et provoque de grosses vagues qui font tanguer le *Black Pearl.*

— Ça non plus, ce n'est pas très rassurant ! ajoute Carolina.

Sans attendre les ordres de Jack, Jean prend un drapeau blanc et l'agite en criant :

— Pourparlers !

À mesure que le bateau ennemi se rapproche, Carolina et Diego voient trois hommes à la proue, les bras croisés. Deux d'entre eux, grands et forts, se ressemblent comme des jumeaux : longue barbe noire, moustaches pointues, turban vert sur la tête et tunique rayée entourée d'une ceinture en soie.

Entre eux se tient un petit homme aux cheveux noirs grisonnants. À son air imposant, Carolina et Diego comprennent qu'il s'agit de Sri Sumbhajee, le Seigneur Pirate de l'océan Indien. Il porte une grosse barbe noire et un turban orné d'une broche en or. Sa tunique est cousue dans un tissu brillant, vert et rouge.

Le premier garde du corps prend la parole :

— Sri Sumbhajee aimerait connaître la raison de la présence du célèbre Jack Sparrow dans son océan. Sri Sumbhajee a deviné son arrivée en sentant sa barbe le chatouiller !

— Quand Sri Sumbhajee a la barbe qui le chatouille, ajoute le second, il sait qu'une catastrophe se prépare !

— Pourquoi est-ce qu'ils parlent à sa place ? murmure Diego à son amie.

— Oh, Sri Sumbhajee n'ouvre jamais la bouche. Personne ne sait pourquoi, répond Carolina.

— Sri Sumbhajee n'a pas oublié la dernière visite de Jack Sparrow, poursuit le premier garde du corps.

— Mais nous venons discuter d'un problème urgent ! s'écrie Carolina. Nous voulons avertir les Seigneurs Pirates de la menace du Seigneur des Ombres !

Carolina a tellement peur du Seigneur des Ombres, se dit Diego, *qu'elle a oublié le but réel de notre mission : récupérer les fioles d'Or.*

Les deux hommes se tournent vers leur maître, qui fait un geste de la main gauche.

— Sri Sumbhajee sait déjà tout du Seigneur des Ombres, dit le premier.

— Sri Sumbhajee sait déjà *tout* sur *tout* ! dit le second.

— Attendez ! s'exclame Jack en sortant de sa cabine. (Il brandit un gros rubis étincelant.) Regardez, je l'ai retrouvé !

Sri Sumbhajee foudroie Jack du regard.

— L'objet que vous tenez à la main appartient à la famille de Sri Sumbhajee depuis des générations, dit le premier garde. Sri Sumbhajee était très mécontent de sa disparition, juste après votre départ, la dernière fois...

— Et moi, dit Jack d'un air innocent, j'étais très mécontent de le retrouver dans ma poche ! J'ignore comment il a atterri là... Dites, vous n'auriez pas un endroit calme où discuter ? Votre palais, par exemple ?

La moustache de Sri Sumbhajee tremble. Il oblige ses hommes à se pencher vers lui pour leur dire quelque chose à l'oreille.

— Ah, chuchote Diego, il *peut* parler ! C'est juste qu'il n'a pas envie !

Le premier garde se tourne vers Jack :

— Sri Sumbhajee vous souhaite la bienvenue en Inde et vous invite dans son palais… si vous lui rendez son rubis.

— À la bonne heure ! s'exclame Sparrow.

— Tu es sûr que c'est une bonne idée ? lui murmure Diego. Et si c'était un piège ?

— Bien sûr que c'est un piège, répond Jack. Mais c'est le prix à payer pour récupérer la Hole d'Or des Ombres. Ne t'inquiète pas, mon gaillard, je suis le roi de l'évasion !

Chapitre 3

Le palais de Sri Sumbhajee

De loin, l'île ressemble à n'importe quelle autre : petite plage de sable, végétation luxuriante et hautes falaises de rochers.

Mais en arrivant plus près, la falaise ressemble plutôt au mur d'enceinte d'une forteresse…

— Ça alors ! murmure Billy.

D'énormes pierres noires recouvertes d'un tapis de mousse forment une façade infranchissable. Au pied de cette muraille, de gros rochers noirs et acérés émergent d'entre les vagues. Si un bateau ennemi venait attaquer l'île, sa coque se fracasserait comme un œuf...

Agathe se blottit derrière Diego.

— Regarde, là-haut! Qu'est-ce qu'ils sont en train de faire?

Des pirates viennent de surgir au sommet du mur d'enceinte et lancent des cordes dans le vide. À la vitesse de l'éclair, ils descendent sur la petite plage de sable. Là, ils fouillent dans les broussailles et saisissent d'autres cordes, trop longues, qui s'enfoncent dans la mer. Ils tirent dessus de toutes leurs forces.

— *San Cristobal!* s'écrie Carolina. Les rochers... ils bougent!

En effet, les rochers noirs se mettent à bouger dans l'eau.

— Ces rochers ne sont pas réels, dit Diego. C'est un décor!

— Idéal pour décourager les ennemis, ajoute Carolina.

Les pirates indiens ont fini de déplacer les faux rochers. La voie est libre. Le rideau de mousse se lève, et révèle un tunnel au milieu de la falaise. L'*Otter* s'y engage le premier.

— En avant, mes amis ! s'exclame Jack. Tous aux rames !

Le *Black Pearl* abaisse ses voiles et s'avance à son tour. Le passage est étroit, éclairé seulement par deux lanternes. Diego jette un œil derrière lui : à l'entrée du tunnel, le rideau de mousse est déjà retombé et les pirates s'activent pour remettre les faux rochers en place.

Bientôt, le passage s'élargit et le *Black Pearl* se retrouve dans une petite crique équipée d'un ponton d'amarrage. Au bout du ponton, un escalier monte vers un mur d'enceinte en pierres rouges, fermé par deux portes en bois sculpté. Derrière ce mur d'enceinte apparaît le palais de Sri Sumbhajee, construit au sommet d'une colline verdoyante. Il est

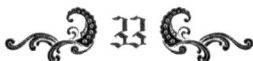

tout en marbre blanc, dominé par un dôme et une tour haute qui étincellent au soleil.

Jack est le seul à ne pas écarquiller les yeux d'admiration.

— Pff, tout ce luxe, c'est d'un vulgaire… Un pirate n'a besoin que de son bateau !

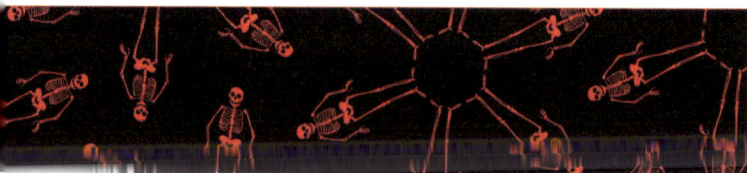

Le capitaine fait signe à son équipage de jeter l'ancre et d'abaisser la passerelle. Il pose le pied sur le ponton en même temps que Sri Sumbhajee et ses deux gardes. Le Seigneur Pirate tend la main.

— Sri Sumbhajee exige la restitution de son rubis, dit le premier garde.

— Rappelle-moi ton nom, Axel, ou Pushy ? lui demande Jack.

— Je suis Askay, répond l'homme. Et voici mon frère jumeau, Pusasn.

— Bien sûr…

— Jack, murmure Billy, rends-lui son rubis, qu'on en finisse !

Jack pousse un long soupir. Il fouille dans sa poche, sort le rubis et le pose au creux de la main de Sri Sumbhajee… Mais, au dernier moment, il refuse de lâcher la pierre. Finalement, Jean tire Jack par le bras et Sri Sumbhajee récupère son bien. Un sourire triomphal fait vibrer ses moustaches.

— Sri Sumbhajee vous souhaite la bienvenue dans son palais, dit Askay.

Le Seigneur Pirate grimpe l'escalier le premier. Ses hommes encerclent l'équipage du *Black Pearl*, qui est obligé de le suivre.

En haut des marches, les portes s'ouvrent sur une vue spectaculaire.

Le palais est entouré d'un jardin magnifique, rempli d'arbres fruitiers et de fleurs rouges, orange et or. Des biches sautillent sur les pelouses, et des perroquets voltigent entre les buissons.

Un sentier en marbre bordé de fontaines mène jusqu'à l'entrée du palais. Là, un autre escalier mène à une terrasse immense qui surplombe le jardin. Dans un coin, cinq colonnes en pierre rouge soutiennent un auvent pour former une zone ombragée. Le reste de la cour est inondé de soleil. Carolina montre à Diego le sommet des colonnes, ornées de sculptures d'animaux.

— Regarde, des tigres !

— Chut ! ordonne Jack.

Sri Sumbhajee se retourne vers eux, les sourcils froncés.

— Sri Sumbhajee a remarqué que vous aviez deux femmes pirates dans votre équipage, dit Askay.

— Oh non, proteste Agathe, je ne suis pas une pirate !

— Moi, si ! dit Carolina avec fierté.

— Sri Sumbhajee pense que vous serez mieux dans le quartier des femmes, dit Pusasn en s'inclinant.

— Mais je veux rester avec mon équipage et mon *capitan*! proteste Carolina. Et aussi avec…

Elle regarde vers Diego, mais ne termine pas sa phrase.

— J'insiste, dit Askay en se tournant vers Jack. C'est notre tradition.

— Oh, moi, j'accepte avec plaisir, dit Agathe. Quelle joie de discuter entre demoiselles civilisées, pour une fois!

— Désolé, ma belle, dit Jack à Carolina. C'est la tradition. On se verra plus tard!

Sur ces mots, une femme vêtue d'un

sari couleur lavande s'avance vers les deux jeunes filles.

— Bonjour. Je m'appelle Parvati. Je suis la femme de Sri Sumbhajee. Veuillez me suivre.

En voyant Carolina s'éloigner, Diego sent son cœur se serrer… Quand la reverra-t-il ?

Chapitre 4

Des rencontres inattendues

— Enfin débarrassés d'Agathe ! dit Jack avec satisfaction.

L'intérieur du palais est un labyrinthe de couloirs, de cours et de jardins. Des tentures en soie ornent les murs. Les portes sont en marbre incrusté de pierres précieuses. Des cascades et des fontaines rafraîchissent les jardins.

Le groupe marche dans un grand couloir blanc qui longe un jardin.

Soudain, Sri Sumbhajee s'arrête. Les

bouts de sa moustache tremblent et il lève les poings en l'air. Il traverse la pelouse en courant, vert de rage !

Intrigué, Jack le suit.

Sri Sumbhajee brandit son sabre et s'élance sur un petit sentier de pierres qui mène au fond du jardin. En s'approchant, Jack aperçoit un trône majestueux en bois d'ébène recouvert d'or et décoré de têtes de lions. Des coussins en velours rouge brodés de fils d'or sont posés sur le siège.

Un homme est endormi sur le trône. Sa barbe n'est pas aussi longue que celle de Sri Sumbhajee. Il est un peu gras au niveau du ventre, mais il semble très grand. Jack lui trouve un air familier...

Le Seigneur Pirate claque des doigts pour appeler ses gardes du corps.

— MANNAJEE ! vocifère Askay.

— QUELLE HONTE ! ajoute Pusasn. SRI SUMBHAJEE EST FURIEUX !

L'homme sur le trône se réveille.

— Ah, tiens… bonjour.

— TOUT LE MONDE SE PROSTERNE DEVANT LE GRAND SRI SUMBHA-JEE, SEIGNEUR PIRATE DE L'OCÉAN INDIEN ! ordonne Askay.

— Oui, oui… je sais, répond Mannajee en bâillant.

Sri Sumbhajee est si rouge de colère qu'il semble sur le point d'exploser.

— LÈVE-TOI DE CE TRÔNE ! ordonne Pusasn.

— ÔTE TA CARCASSE INDIGNE DU TRÔNE DU SEIGNEUR PIRATE ! ajoute Askay.

Mannajee regarde autour de lui d'un air étonné, comme s'il n'avait pas remarqué où il s'était endormi.

— Oh, pardon, petit frère. Ça avait l'air si confortable !

Sans se presser, il se lève et tapote les coussins pour les remettre en place.

— Voilà ! dit-il. Pas de quoi s'énerver. Je faisais juste une sieste.

— J'ignorais que vous aviez un frère dit Jack à Sri Sumbhajee.

— Sri Sumbhajee avait plusieurs frères, autrefois, explique Askay.

— Mais il n'en reste plus que deux, ajoute Pusasn d'un ton menaçant. Les autres lui manquaient trop de respect.

— Heu… messieurs ? dit Jean d'une voix timide. Je me demandais à quelle heure était le dîner…

Sri Sumbhajee sourit et chuchote quelques mots à l'oreille de Pusasn.

Mais bien sûr ! dit ce dernier. Sri Sumbhajee va demander à ses cuisiniers de vous préparer un grand festin. Vous allez découvrir l'hospitalité indienne !

Les jumeaux conduisent les pirates dans leurs appartements : Jean et Jack partagent la même chambre, Billy et Barbossa dorment dans la chambre de droite, et Diego et Shane dans celle de gauche.

— Sri Sumbhajee sait que vous avez

beaucoup d'ennemis, dit Askay à Jack. Il a décidé de vous prêter un garde du corps personnel… qui vous suivra *partout.*

— Hmm, répond Jack, dites-lui que c'est très aimable, mais je sais me défendre tout seul.

— Ordre de Sri Sumbhajee, déclare Askay d'une voix autoritaire.

Il s'écarte pour laisser entrer un petit garde vêtu d'un pantalon large et d'une tunique orange. Un foulard noir est noué autour de sa tête pour masquer son visage. Seuls ses yeux dépassent.

— Et, heu… comment s'appelle-t-il ? demande Jean.

— Inutile de savoir son nom, répond Askay. Vous n'aurez pas besoin de lui parler ! dit-il en s'éloignant dans le couloir.

Jean et Jack observent leur nouveau garde du corps masqué.

— Quel est ton nom ? lui demande Jack.

Pas de réponse.

— Très bien, alors laisse-moi deviner. Harold ? Non. Albert ? Gustave ? Umberto ? Fritz ?

Toujours pas de réaction.

— Ça risque de durer longtemps, marmonne Jean. Je me demande à quelle heure commence le banquet…

Jack fait mine de s'intéresser à la décoration de la chambre. Tout à coup, il se retourne et dégaine son épée pour se précipiter sur le garde… mais celui-ci s'écarte d'un bond ! Surpris, Jack pivote sur lui-même. En un éclair, son épée est arrachée de sa main. Elle atterrit à l'autre bout de la pièce.

Le garde se tient accroupi devant lui, prêt à bondir de nouveau. Dans sa main, il tient une arme étrange. Jack n'a jamais rien vu de pareil : le manche ressemble à celui d'un sabre mais, à la place de la lame, apparaissent deux cordes métalliques qui claquent comme des fouets.

— Ça alors, quel beau joujou ! Je peux y jeter un coup d'œil ? demande-t-il, admiratif.

Le garde lève son arme en un geste menaçant, mais Jack ne se laisse pas impressionner. Il s'avance… et se jette sur lui. Le garde perd l'équilibre, lâche son arme, et les deux hommes roulent par terre.

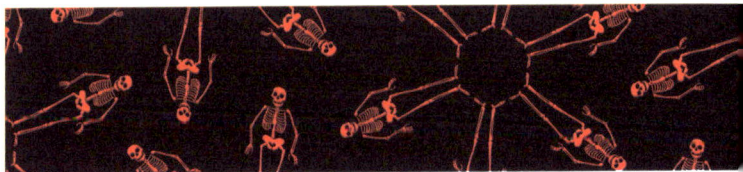

Jack sent un genou s'enfoncer dans sa poitrine et lâche un « OUMPFF ! » de douleur. Le garde essaie de lui donner un coup de pied, mais Jack lui attrape la cheville. L'homme fait la culbute… et atterrit sur Jean !

— Aaaaaah ! hurle le jeune homme.

Jean et le garde se retrouvent emmêlés,

bras et jambes. Ils tentent de se dégager. Dans la bagarre, Jean lui arrache son masque…

Le garde se redresse, tremblant de rage. Son visage est dévoilé.

Jean n'en croit pas ses yeux…

C'est une femme !

Chapitre 5

Le banquet

Le quartier des femmes est un lieu calme et agréable. Ses couloirs en marbre blanc sont ornés de petits morceaux de miroirs incrustés aux murs et au plafond. Les jardins sont remplis de fleurs. Les femmes se promènent tranquillement, vêtues de saris en soie de toutes les couleurs.

Carolina et Agathe ont reçu l'ordre de s'habiller comme elles.

— Oh, oui, s'exclame Agathe, c'est si joli !

— Non ! proteste Carolina. Je refuse de me changer !

Parvati, la femme de Sri Sumbhajee, pousse un long soupir.

— C'est juste pour ce soir, dit-elle. Vous devez être présentables au banquet. Je vous le demande gentiment, s'il vous plaît…

— C'est vrai, Carolina, dit Agathe. Tu pourrais faire un effort ! Dites, madame Parvati, vous n'auriez pas le même en rose ?

Mais Carolina ne les écoute pas. Elle vient de repérer un petit garçon qui les observe, assis sur un mur. Il a les cheveux noirs, les pieds nus et l'air malicieux.

— Oh, il y a un garçon, là ! s'exclame Agathe.

— Oui, répond Parvati. Ici, les enfants sont élevés dans le quartier des femmes. Je vous présente Toolajee, le frère de Sri Sumbhajee.

— Son frère ? dit Carolina. Mais… il est si jeune !

— Son demi-frère, en réalité. Leur père est mort juste avant la naissance de Too-lajee. Il était très vieux.

— Est-ce que Sri Sumbhajee a des enfants ? demande Carolina.

— Pas encore. Mannajee, son frère, est son seul héritier.

Une domestique entraîne Agathe derrière un paravent pour l'aider à mettre son sari.

— Ah non, pas vert, je déteste cette couleur ! Mais… qu'est-ce que c'est que ça ? Pourquoi est-ce que vous m'enroulez ce machin autour des hanches ? Je veux une robe NORMALE !

Parvati se tourne vers Carolina.

— Le sari est un vêtement très confortable, vous savez. Nos femmes gardes en portent même pour aller se battre.

— Vraiment ? demande Carolina, soudain intéressée. Il y a des femmes gardes, ici ?

— Bien sûr. Laissez-moi vous montrer comment on attache un sari…

Cette fois, Carolina est trop curieuse pour refuser !

Pendant ce temps, Jean et Jack font connaissance avec leur nouvelle garde du corps. Elle a de longs cheveux noirs et semble un peu plus jeune que Jean.

— Vous êtes impossibles ! s'écrie-t-elle avec colère. Vous ne pouvez pas me laisser faire mon travail ?

— Je suis désolé, s'excuse Jean en lui rendant son foulard.

Il rougit. Il n'a jamais vu de jeune fille aussi belle de toute sa vie.

— Enchanté, mademoiselle, dit Jack d'un ton charmeur. Capitaine Sparrow.

Vous avez peut-être entendu parler de moi…

— Non. Et j'ai pour ordre de ne pas vous adresser la parole !

— Dites-nous au moins votre nom, insiste Jean.

— Oui, dit Jack. Sinon, je vais devoir deviner moi-même. Fritza ? Burnilda ? Je suis sûr qu'on va bien s'entendre, vous et moi. J'ai un sixième sens, avec les femmes. Par exemple, j'ai l'impression que vous êtes déjà folle de moi…

— Est-ce qu'il est toujours aussi bavard ? demande la jeune fille à Jean.

— Oui. Mais… si vous lui dites votre prénom, je suis sûr qu'il se taira, dit Jean avec un sourire.

— Très bien. Je m'appelle Lakshmi. Quand vous serez prêts, je vous conduirai au banquet.

— Je suis prêt ! s'exclame Jean.

Diego apparaît sur le pas de la porte.

— Moi aussi, je suis prêt ! Oh, bonjour,

dit-il en apercevant Lakshmi. Mais…
quelle arme étrange, qu'est-ce que
c'est?

— Un *urumi*, répond Lakshmi. Il faut
beaucoup d'entraînement pour savoir
s'en servir, mais c'est une arme redoutable.

— J'avais remarqué, marmonne Jack.

Les pirates suivent Lakshmi et Pusasn
jusqu'au lieu du banquet. Des tables
basses et des coussins sont installés dans
la cour principale, vers l'ouvent.

— Est-ce que Carolina va manger avec
vous? s'inquiète Diego.

Les membres de la cour de Sri Sumbhajee sont déjà assis. Pusasn fait signe aux
pirates de s'asseoir, et Jack prend place à
gauche de Sri Sumbhajee.

Un groupe de femmes indiennes,
vêtues de saris en soie, s'approche. Stu-
péfait, Diego voit l'une d'elles lui faire
un clin d'œil.

— Carolina… c'est toi? dit-il. Je ne t'avais pas reconnue. Tu es très belle, en sari.

— Et MOI? dit Agathe. Est-ce que je ne suis pas belle, aussi? Hein, Jean?

Mais son cousin ne l'écoute pas. Il surveille l'arrivée des serviteurs.

— Ah, enfin! s'exclame-t-il.

En effet, une procession de serviteurs arrive de la cuisine. Un homme vêtu d'une tunique bleue s'agenouille devant Sri Sumbhajee et lui présente un grand plat en argent. Diego voit qu'il tremble de peur.

Le plat est divisé en plusieurs compartiments, qui contiennent chacun un aliment différent: poulet en sauce, légumes, riz…

— Qui d'autre a touché à ce plat? demande Askay.

— P-p-p-p-ersonne, bafouille le serviteur. Je l'ai préparé moi-même…

— C'est ce qu'ont dit les trois autres

avant toi ! dit Pusasn. Nous devons protéger la vie de notre maître. Mange !

Sri Sumbhajee prend un morceau de pain et le tend au serviteur. L'homme trempe le pain dans la sauce et le mange.

— Qu'est-ce qu'il fait ? chuchote Diego à Carolina.

— C'est un goûteur, explique-t-elle. Il vérifie que la nourriture n'est pas empoisonnée.

Il règne un silence total pendant que le serviteur mâche le morceau de pain.

— Voyez ? dit-il avec un grand sourire. Je vous l'avais dit. Vous pouvez man…

Soudain, il se fige. Son visage est violet. Il porte ses mains à sa gorge… et s'écroule, raide mort.

On a voulu empoisonner Sri Sumbhajee !

Chapitre 6

Une (trop) grande famille

— Ce n'est pas moi ! s'exclame Jack.

— Sri Sumbhajee sait que ses nobles invités n'y sont pour rien, déclare Pusasn en s'inclinant. C'est la quatrième fois qu'on cherche à l'empoisonner. L'assassin vit au palais !

— Sri Sumbhajee est très en colère ! s'exclame Askay. Sri Sumbhajee n'aime pas qu'on essaie de le tuer. Le banquet est annulé !

— Quoi? proteste Jean. Mais… j'ai faim, moi!

Sri Sumbhajee tape du poing sur la table.

— Le coupable sera piétiné par des éléphants, déclare Pusasn. Et jeté aux crocodiles!

— Sri Sumbhajee utilisera ses pouvoirs pour démasquer l'assassin! ajoute Askay.

— Et… sa barbe désignera le coupable, c'est ça? demande Jack.

— J'ai une meilleure idée, déclare Carolina. Si nous vous aidons à trouver le coupable, voudriez-vous nous accorder une faveur en échange?

— Laquelle? questionne Askay.

— Heu… nous verrons plus tard, s'interpose Jack.

Il se méfie des «échanges» de Carolina: au lieu de réclamer la fiole d'Or des Ombres, elle risque de demander des choses inutiles, comme la fraternité entre pirates par exemple… Jack l'a vue faire avec Maîtresse Ching!

— Sri Sumbhajee n'a pas besoin d'aide, répond Pusasn.

— La cour peut se retirer, ajoute Askay. Sri Sumbhajee va se coucher !

Tout le monde se lève et s'en va. Seuls Jack et ses compagnons restent assis autour de la table.

— Alors, qu'est-ce qu'on fait ? demande Barbossa.

Dans un coin du jardin, Jack repère Mannajee en pleine discussion avec une jeune femme vêtue d'un sari turquoise.

— Carolina, sais-tu qui est cette personne ?

Par chance, Parvati a déjà présenté Carolina aux femmes les plus importantes du palais.

— Oui, dit-elle. C'est Jhumpa, la femme de Mannajee.

— Garde un œil sur elle, veux-tu ? lui demande Jack. Elle ne m'inspire pas confiance…

— À vos ordres, Capitaine, répond

Carolina. Nous allons tous mener l'enquête. Toi, Diego, surveille Mannajee. C'est l'héritier de Sri Sumbhajee, il a donc de bonnes raisons de vouloir tuer son frère…

— Quelle chance de ne pas avoir un traître qui complote contre moi dans mon entourage… Hein, Barbossa? s'exclame Sparrow.

Une expression bizarre apparaît sur le visage du maître d'équipage.

— Nous perdons notre temps, marmonne-t-il. Nous devrions sortir nos épées, réclamer la fiole d'Or, et filer.

— Excellente idée, commente Jack. Mais tu oublies le passage où Sri Sumbhajee nous jette aux crocodiles.

Parvati vient chercher Carolina et Agathe pour les emmener dans le quartier des femmes. Carolina murmure quelques mots à l'oreille de Diego.

Après son départ, le jeune homme décide d'aller interroger Mannajee.

C'est le moment idéal. Le frère aîné de Sri Sumbhajee est seul sous un arbre, en train d'essayer d'attraper des mangues. Il fait de petits bonds, mais il est trop lourd pour atteindre les branches.

— Je peux vous aider ? propose Diego.

Mannajee s'assoit avec un soupir.

— Avec plaisir. Je meurs de faim ! Sri Sumbhajee annule tous les banquets.

— Pas étonnant, répond Diego.

Le jeune Espagnol saute avec légèreté et attrape une mangue.

— À votre avis, qui peut vouloir la mort de votre frère ?

— Tout le monde ! C'est un Seigneur Pirate, non ? Rien que pour ça, je suis content de ne pas en être un moi-même…

— Vraiment ? dit Diego. Vous ne rêvez pas de devenir Seigneur Pirate, un jour ?

— Sûrement pas. Je n'ai *aucune* envie de prendre la place de mon frère.

Diego le regarde. Il a l'air calme, mais une lueur étrange brille dans son regard. Impossible de savoir s'il dit la vérité….

Mannajee est-il l'empoisonneur ?

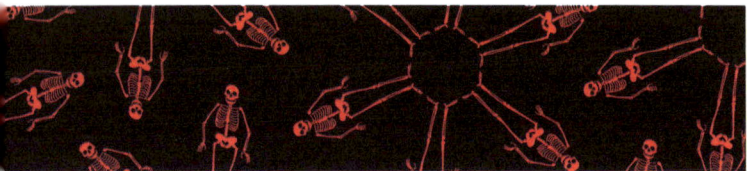

Assise sur la pelouse, Carolina épluche sa cinquième mangue avec gourmandise.

— Nous avons des oranges, en Espagne, mais rien d'aussi délicieux.

— Beurk, c'est poisseux ! gémit Agathe. Vous n'auriez pas une pomme, plutôt ?

Les deux jeunes filles font un pique-nique avec Parvati et Jhumpa à l'ombre d'un arbre. Parvati a tout organisé : pain indien, fruits, fromage et thé.

Soudain, une petite forme marron jaillit de l'arbre et… se jette sur Agathe !

— AAAAAAAAAH ! Au secours !

— C'est juste un singe, dit Carolina.

L'animal tire sur les cheveux d'Agathe et vole les diamants qui ornaient sa coiffure, avant de remonter dans l'arbre.

— *Hee-hee-hee* ! lâche-t-il.

— Rends-les-moi ! hurle Agathe. Espèce de monstre !

— Ce n'est qu'un bébé singe très mal élevé, explique Parvati. Toolajee, je sais que tu es là ! Sors de ta cachette !

Le petit garçon apparaît, caché au sommet de l'arbre. Avec habileté, il descend de branche en branche.

— Il serait parfait sur un bateau, dit Carolina.

— C'est ce que lui dit sa mère, Nisha, répond Parvati. La pauvre, elle ne s'est jamais remise de la mort de son mari. Elle refuse de quitter sa chambre et oblige les servantes qui entrent à se couvrir de la tête aux pieds.

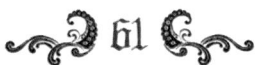

Toolajee rejoint les femmes sur la pelouse.

— Apprends à contrôler ton singe, lui ordonne Parvati. Et rends les diamants d'Agathe !

— Ce ne sont pas les siens, proteste le petit garçon.

— Ni les tiens ! répond Agathe.

— Quand je serai Seigneur Pirate, tous les diamants seront à moi ! s'exclame Toolajee. Et j'aurai aussi mon bateau à moi !

— Dis à ton singe de rendre les diamants, insiste Parvati, ou tu seras privé de bonbons jusqu'à la prochaine pleine lune !

Toolajee soupire, puis tape dans ses mains deux fois. Le singe descend de l'arbre et dépose les diamants par terre. Toolajee les ramasse... et les jette dans la fontaine.

— Si vous les voulez, vous n'avez qu'à les chercher !

Agathe pousse un cri d'horreur. Trop tard : Toolajee est déjà reparti en courant, son singe perché sur son épaule.

— Notre fils sera beaucoup mieux élevé, déclare Jhumpa en posant une main sur son ventre.

— Votre fils ? répète Carolina.

— Oui, j'attends un enfant, répond la femme de Mannajee. Je lui apprendrai comment devenir un grand Seigneur Pirate !

Parvati foudroie Jhumpa du regard.

— Mannajee et son fils hériteront du titre de Seigneur Pirate *si* Sri Sumbhajee n'a pas d'enfants, dit-elle d'un ton sec. Mais je suis sûre que cela finira par arriver.

— Nous verrons bien, répond Jhumpa avec un petit sourire.

Intéressant, se dit Carolina. *Si Sri Sumbhajee meurt avant d'avoir des enfants, le fils de Jhumpa prendra sa place, un jour…*

Jhumpa a l'air d'une femme si douce, si inoffensive…

Est-ce qu'elle serait prête à tuer pour que son fils devienne Seigneur Pirate?

Chapitre 7

Promenade nocturne

— Tiens, demande Jean. Où est passée Lakshmi ?

Allongé sur son lit, Jack tourne la tête. En effet, la garde du corps n'est pas revenue du banquet avec eux. Il se lève d'un bond.

— La voie est libre, on dirait… je reviens dans une minute !

— Non, Jack, tu vas t'attirer des ennuis !

— Et alors, répond Sparrow, je suis un pirate, non ?

Il sautille hors de la chambre.

— Oh, soupire Jean. J'aimerais bien le suivre, mais j'ai trop faim. Je rêve de plats de nourriture bien garnis. Je sens même l'odeur de…

Il s'interrompt, puis se redresse.

Lakshmi est assise sur un coussin, à côté de son lit. Elle le regarde en riant. Des bols de riz et de légumes sont posés devant elle.

— Où… où as-tu trouvé tout ça ? bafouille Jean.

— À la cuisine. Le chef est mon cousin. Je peux y aller quand je veux. J'ai pensé que tu avais faim.

Elle trempe un morceau de pain indien dans la sauce et le lui donne. Jean n'en fait qu'une bouchée.

— Hmm, c'est bon… Lakshmi, je t'épouse quand tu veux !

Il rougit, gêné par ce qu'il vient de dire.

— De toute façon, je ne pourrai pas me

marier tant que je n'aurai pas payé ma dette à Sri Sumbhajee, dit-elle en riant.

— Quelle dette ?

Elle baisse les yeux à terre.

— Il y a plusieurs années, Sri Sumbhajee a capturé le navire de commerce de mon père, avec toute ma famille à bord. Il voulait nous exécuter, mais il a été impressionné par mes talents au combat. Il faut dire que mon père m'a entraînée à la pratique de l'*urumi* dès mon plus jeune âge… Sri Sumbhajee m'a proposé de rejoindre son équipage pendant dix ans. En échange, il épargnerait ma famille. J'ai accepté… Mais trois ans ont passé, et il refuse de me laisser participer aux combats… Sous prétexte que je suis une fille !

— Tu sais, répond Jean, une grande bataille se prépare. Sri Sumbhajee sera obligé de t'y faire participer.

— Vraiment ? demande Lakshmi, intéressée. Quelle bataille ?

Jean lui raconte toute l'histoire du Seigneur des Ombres.

— Sais-tu où Sri Sumbhajee cache sa fiole d'Or des Ombres ? ajoute-t-il.

— Non, dit Lakshmi. Mais s'il en a une, il doit la garder sur lui. À quoi est-ce que ça sert ?

— Aucune idée, répond Jean. Jack nous fait parcourir le monde pour récupérer ces fioles. Je me demande s'il ne nous cache pas quelque chose…

Pendant ce temps, Jack s'est perdu dans les couloirs du palais.

Il arrive finalement dans un jardin. Il enjambe les parterres de fleurs et contourne les arbres fruitiers. Arrivé devant un mur, il l'escalade pour sauter de l'autre côté… et atterrit droit dans un massif d'hibiscus.

Jack reste assis au milieu des fleurs, le temps de reprendre son souffle. Il se trouve dans le grand jardin extérieur entre le palais et le mur d'enceinte. Juste derrière, il y a le port… et le *Black Pearl*…

— Pff, j'en ai assez de cet endroit. Et si je repartais cette nuit, en laissant les autres ici?

Tout à coup, une ombre surgit sur son épaule et bondit sur sa tête. Jack sursaute en agitant les mains pour la chasser. Il croit d'abord que c'est un singe, mais non…

C'est une Ombre maléfique.

Sa maladie revient!

Jack comprend qu'il ne peut pas quitter le palais cette nuit. Il doit d'abord récupérer la fiole d'Or des Ombres de Sri Sumbhajee.

Tia Dalma lui a bien dit que c'était le seul remède contre la maladie des Ombres.

Et il risque d'en avoir besoin *très vite*.

Peu avant minuit, Diego se lève de son lit.

Sur la pointe des pieds, il se glisse hors de sa chambre et traverse les couloirs du palais.

Il traverse un jardin et arrive dans la cour principale.

Carolina l'attend, tapie derrière une colonne. Elle est encore vêtue de son sari et porte un collier orné d'une pierre blanche.

— Je suis là ! chuchote-t-elle.

Elle serre Diego dans ses bras. Le jeune homme sent son cœur battre la chamade...

— Quel beau collier, dit-il pour cacher son émotion.

— C'est une pierre de lune protectrice, explique Carolina. Un cadeau de Parvati. Je crois qu'elle est très inquiète à cause de ces histoires de poison

— Donc... d'après toi, ce n'est pas elle la coupable ?

— Non. Ce n'est pas une comploteuse.

Ils vont s'asseoir sur la pelouse.

— Est-ce que tu as interrogé Manna-jee?

— Oui, répond Diego. Mais je ne pense pas qu'il cherche à tuer son frère. Il n'a aucune envie de prendre sa place.

— Et… si c'était sa femme? demande Carolina. Jhumpa attend un enfant. Si Sri Sumbhajee meurt, son fils deviendra Seigneur Pirate, un jour.

— Tu crois vraiment que c'est Jhumpa l'empoisonneuse?

— Je ne sais pas, soupire Carolina. Nous devrions faire la liste de toutes les personnes qui ont accès à la cuisine.

Diego prend un air sombre.

— Dans ce cas, je connais un autre suspect: Lakshmi, la garde du corps de Jack. Je l'ai entendue discuter avec Jean. Le chef cuisinier est son cousin!

Carolina réfléchit.

— Pourquoi voudrait-elle tuer Sri Sumbhajee?

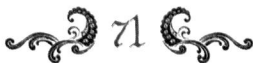

— Pour annuler sa dette, peut-être. Sinon, elle devra encore travailler pour lui pendant sept ans...

Un craquement de brindille se fait entendre.

Diego et Carolina se lèvent d'un bond. Y a-t-il quelqu'un dans le jardin, en train de les espionner ?

— Nous devrions rentrer, dit Diego en prenant Carolina par la main.

Soudain, la jeune fille se met sur la pointe des pieds... et l'embrasse !

Diego sent son visage s'enflammer. Il prend Carolina dans ses bras...

BBBBBBRRREEEEAAAARRRR !

Un bruit terrifiant s'élève dans la nuit. Les deux jeunes pirates se retournent, affolés.

Un monstre fonce droit sur eux. Dans le noir, impossible de voir à quoi il ressemble... mais il est énorme !

— Cours ! hurle Carolina.

Chapitre 8

Un éléphant !

Diego prend ses jambes à son cou. Il n'a jamais couru aussi vite de sa vie. Derrière, il entend un bruit de tonnerre et le souffle puissant du monstre…

Tout à coup, à droite, il voit une tour entourée de gros buissons. Voilà qui devrait au moins ralentir la créature.

— Carolina… par ici !

Les deux Espagnols se précipitent dans les buissons. Ils se fraient un passage entre les branchages pour rejoindre la tour.

Carolina repère l'entrée. Elle entraîne son ami par le bras et ils se précipitent à l'intérieur.

— Où sommes-nous ? demande Diego.

Ils regardent autour d'eux et ouvrent de grands yeux. Devant eux apparaît une énorme statue en pierre entourée de bougies. Elle représente un homme assis en tailleur, un serpent enroulé autour de ses épaules. Détail étrange, l'homme possède quatre bras !

— Ça doit être un temple, murmure Carolina en voyant les offrandes de fruits au pied de la statue.

— En tout cas, j'espère que le monstre ne pourra pas entrer ici !

Carolina éclate de rire.

— Un monstre ? Voyons, Diego, c'était un éléphant !

— Si gros ? Tu es sûr ?

— Mais oui, j'en ai vu dessinés dans des livres !

Ils sursautent. Une voix de femme retentit à l'extérieur du temple.

— Pouah, ces horribles moustiques… Je vais me réfugier à l'intérieur.

Paniqués, Carolina et Diego cherchent un endroit où se cacher. La seule cachette possible se trouve… derrière la statue.

En un clin d'œil, Carolina saute sur les genoux de l'homme en pierre, imitée par Diego. Il y a un espace étroit entre le mur et le dos de la statue. Les deux jeunes s'y accroupissent et attendent, sans un bruit. Ils voient déjà une ombre à l'entrée du temple…

Une femme pénètre à l'intérieur.

— Voilà, c'est mieux, ici. Est-ce que vous m'entendez, chéri?

— Oui, répond une voix d'homme.

Carolina et Diego sursautent. Qui a parlé? La femme est pourtant seule!

— Parfait, reprend-elle. Avez-vous bien retenu ce que je vous ai expliqué à propos des faux rochers et du rideau de mousse?

— Oui, oui, répond la voix de l'homme. Je compte sur vous pour les déplacer à mon arrivée.

— Comment ? s'indigne la femme. Mais c'est trop dangereux ! J'en ai déjà assez fait comme ça… J'ai risqué ma vie pour vous et la Compagnie, Benedict !

Carolina s'agrippe au bras de Diego. Cette femme est l'épouse de Benedict Huntington ! Les membres du *Black Pearl* croyaient leur avoir échappé à Hong Kong… Comment les a-t-elle suivis jusqu'ici ?

— Je sais, Barbara. La Compagnie des Indes vous en sera très reconnaissante.

— Je crois que j'ai mérité une belle récompense, en effet… Pourquoi pas du parfum ?

— Vous aurez tous les parfums d'Orient que vous voudrez, ma chère. En attendant, faites attention à vous et poursuivons notre plan.

— Merci, mon chéri. À bientôt !

Un petit claquement métallique retentit. La femme sort du temple.

Diego et Carolina se regardent, horrifiés. L'espionne a réussi à s'infiltrer dans le palais de Sri Sumbhajee. Les agents de la Compagnie des Indes sont déjà en route pour les capturer !

— Eh bien, déclare une voix au-dessus d'eux, voilà de bien mauvaises nouvelles !

— Jack ? s'exclame Diego.

C'est le capitaine Sparrow, en effet ! Assis sur l'épaule de la statue !

— Hardi, mes gaillards ! Rien de tel qu'une promenade nocturne suivie d'une partie de cache-cache avec trois gardes et un éléphant !

— Que faites-vous ici ? demande Carolina.

— Je suis venu pour, heu… méditer, dit Jack en regardant d'un air coupable le rubis qui brille sur le front de la statue.

— Capitaine, vous avez entendu ? dit la jeune fille. Les agents de la Compagnie arrivent. Nous devons prévenir Sri Sumbhajee !

— Promis, répond Sparrow. Demain, après une bonne nuit de sommeil…

— Non, maintenant ! insiste Carolina.

— Ne t'inquiète pas, dit Diego. Ils ne seront pas là avant demain matin. S'il faut nous battre, autant dormir d'ici là.

— Très bien, réplique Carolina avec colère. J'ai compris !

La jeune fille descend des genoux de la statue et sort du temple, furieuse.

Rentrons nous coucher, Jack, soupire Diego.

— *Capitaine* Jack, marmonne Sparrow. Pourquoi est-ce que personne ne s'en souvient jamais ?

Dans son lit, Diego ne trouve pas le sommeil. Il repense à son baiser avec Carolina et à leur dispute. Il espère qu'elle n'est pas trop fâchée…

Dans le quartier des femmes, Carolina ne dort pas non plus. Elle repense à la conversation de Benedict et Barbara Huntington. Comment Barbara les a-t-elle suivis jusqu'ici ? Et surtout… quand les agents de la Compagnie vont-ils attaquer ?

Jack, lui, s'endort à la seconde où il pose la tête sur son oreiller. Mais son sommeil est loin d'être paisible. Les Ombres le suivent jusque dans son sommeil.

— *Capitaine Jack Sparrow !* murmure une voix. *Quelle surprise, vous vivant ! Je croyais vous avoir tué moi-même…*

Jack ouvre les yeux. Un épais nuage de fumée l'entoure, comme du brouillard. D'où vient cette voix ?

— *Vous avez été infecté par la maladie des Ombres… Pourquoi n'êtes-vous pas encore mort ?*

— Ah, c'était vous ? Merci du cadeau.

Jack comprend que cette voix est celle du Seigneur des Ombres, celui qui a détruit une ville entière du Panama sans laisser la moindre trace de son armée. Jack ne sait rien de lui… sauf que toutes les fioles d'Or des Ombres lui appartiennent, et qu'il cherche aussi à les récupérer.

— *Mais... Qu'est-ce que c'est que ça?* gronde la voix.

Jack sent un ruban de fumée s'enrouler autour de sa gorge, comme un foulard, pour l'étrangler.

— *Vous avez bu mon Or! Où est-il? OÙ EST MON OR?*

— Je... je ne l'ai pas... sur moi, bafouille Jack.

— *Je le découvrirai moi-même. Maudits Seigneurs Pirates... Je vous hais tous!*

Le ruban de fumée disparaît, et Jack peut à nouveau respirer.

— *Tu ne t'en sortiras pas comme ça, Jack Sparrow!*

Dans le brouillard, Jack croit voir briller deux yeux rouges pendant quelques secondes.

Puis ils disparaissent.

Chapitre 9

Démasqué !

Le lendemain, Carolina se réveille de bonne heure. Elle sort dans le jardin pour admirer le lever du soleil. Dire que les agents de la Compagnie peuvent arriver d'une minute à l'autre et détruire ce beau palais…

L'autre problème qui l'inquiète est celui de l'empoisonneur. Puisque tout le monde dort, Carolina décide de mener l'enquête seule.

Une noix tombe d'un arbre et lui atterrit

sur la tête. La jeune fille lève les yeux et voit Toolajee, caché entre les branches. Il a un sourire malicieux.

— Bien visé, dit-elle.

— Ce n'est pas moi, c'est le singe ! répond le petit garçon d'un air innocent.

— Tu ferais un excellent pirate, dit Carolina en riant.

Toolajee sourit encore plus.

— C'est mon rêve ! Je veux monter sur un bateau… mais Sri Sumbhajee refuse de m'emmener avec lui, parce que je suis trop petit. Dis, tu ne veux pas m'emmener avec toi ?

— Ça ne te plairait pas, la vie à bord du *Black Pearl,* répond Carolina. D'abord, il n'y a pas de bonbons. Et puis, il y a Agathe… Mais je vais y réfléchir quand même, ajoute-t-elle. À condition que tu me montres le chemin des cuisines !

Carolina flaire l'odeur de la nourriture avant même de trouver l'entrée des cuisines. À l'intérieur, on prépare déjà le petit-déjeuner.

Parvati lui a expliqué que l'endroit était bien gardé, mais Carolina ne s'attendait pas à une telle protection : les cuisines sont entourées par un mur infranchissable, deux fois plus haut que les autres murs du palais, et l'entrée est surveillée par deux gardes.

Carolina comprend qu'ils ne la laisseront jamais passer. Mais elle a une autre idée…

Elle s'éloigne, et se cache derrière une statue en bronze. De là, elle peut surveiller l'entrée de la cuisine.

Au bout d'un moment, une servante sort avec un plateau. Impossible de voir son visage, car elle est couverte d'un long voile bleu de la tête aux pieds. Sûrement la servante de Nisha, la mère de Toolajee ! Discrètement, Carolina la suit.

Après avoir parcouru une série de couloirs, la servante s'arrête devant une porte en bois sculpté. Elle frappe, et disparaît à l'intérieur.

Carolina attend. Quand la servante ressort, elle s'approche d'elle.

— Heu… lui dit-elle, ça va vous paraître bizarre, mais… est-ce que je peux vous emprunter votre voile ?

— Bien sûr, répond la domestique. Pas de problème.

Carolina n'en revient pas. Elle a accepté sans hésiter !

— Je m'appelle Sara. Je veux bien te prêter mon voile, à condition que tu me remplaces pendant une heure. Comme ça, je pourrai faire la sieste ! Tu me retrouveras dans le jardin, sous le magnolia.

— Merci, dit Carolina.

Elle enfile le voile et repart vers la cuisine. Cette fois, les gardes la laissent entrer sans rien lui dire.

Elle se cache dans un coin, et attend…

L'empoisonneur n'a qu'à bien se tenir !

Dans la cour, les pirates attendent leur petit-déjeuner.

Jack et Diego en profitent pour expliquer à Sri Sumbhajee que le palais est en danger.

— Ridicule, répond Askay. Notre forteresse est inattaquable. Notre camouflage est parfait !

— Mais ils savent où est l'entrée secrète, insiste Diego. Une espionne leur a tout dit !

— Si c'était vrai, répond Pusasn, Sri Sumbhajee serait déjà au courant !

— Vous voulez dire que… sa barbe l'aurait chatouillé ? demande Jack.

Sri Sumbhajee lui jette un regard noir.

— De toute façon, nous avons un problème plus urgent, déclare Askay.

— Vraiment ? dit Jack. Un problème plus urgent que l'attaque de votre palais ? Je suis curieux de savoir lequel !

— Retrouver l'empoisonneur, bien sûr ! s'exclame Pusasn.

Jack hausse les épaules.

— Oh, l'assassin? Pff, je sais qui c'est.

Le silence s'abat autour de la table. Tout le monde se tourne vers le capitaine du *Black Pearl*.

— C'est facile, continue Jack. Pour trouver le coupable… il suffit de trouver la personne la plus stupide de ce palais!

Autour de la table, Jack continue ses explications:

— Réfléchissez. Le coupable a essayé de vous empoisonner quatre fois… et ça ne marche jamais. Pourquoi?

Silence autour de la table. Mannajee et Jhumpa gardent une expression très calme… *trop* calme? Parvati ouvre des yeux étonnés, mais elle n'a pas l'air coupable. Quant à Lakshmi, son foulard masque son visage… impossible de voir sa réaction.

— La réponse est pourtant simple, dit Jack: parce que vous faites tester tous vos plats par un goûteur! Seul un idiot peut répéter la même erreur à chaque fois. C'est la preuve que notre assassin n'est pas très malin. Mais je suis sûr que vous avez tous deviné son identité…

Lentement, Jack se tourne vers le coupable.

Dans la cuisine, les serveurs se préparent à emmener les plats. Le goûteur, placé en tête de la file, tremble de peur.

Carolina ne quitte pas son plateau du regard.

Tout à coup, elle entend un petit cri joyeux.

Le singe de Toolajee est perché au-dessus de la porte.

Au moment où le serviteur passe avec son plateau, l'animal y verse le contenu d'un flacon…

— JE NE SUIS PAS STUPIDE!

Toolajee se lève, les poings serrés.

— Non, je ne suis pas stupide ! Mon plan aurait fini par marcher !

La cour pousse des petits cris de stupeur.

— Qu... quoi ? bredouille Diego. Mais... tu n'as que sept ans !

— Je suis quand même intelligent ! J'ai passé sept mois à dresser mon singe ! Je voulais d'abord empoisonner Sri Sumbhajee, puis Mannajee, pour devenir Seigneur Pirate ! Ce n'est pas juste...

Au même moment, Carolina arrive en courant depuis la cuisine.

— C'est Toolajee ! s'écrie-t-elle, essouflée. C'est lui, l'assassin !

— Merci, mon chou, répond Jack. Nous sommes déjà au courant.

— Nous... ah bon ?

Elle a l'air un peu déçue.

Sri Sumbhajee murmure quelques mots à l'oreille d'Askay et Pusasn.

Diego a un horrible pressentiment...

Quelle punition le Seigneur Pirate va-t-il réserver à son demi-frère ?

Chapitre 10

L'attaque

— Toolajee, déclare Askay. Sri Sumbhajee sait que tu as un vrai cœur de pirate.

— Il est très impressionné par ton ambition et ta ruse, ajoute Pusasn.

— Quoi?? s'écrient Carolina et Diego en chœur.

— Sri Sumbhajee déclare que Mannajee n'est plus son héritier, annonce Askay. C'est Toolajee qui recevra sa Pièce de Huit, et qui deviendra le Seigneur Pirate de l'océan Indien !

— Tant mieux ! soupire Mannajee.

Toolajee a les yeux qui brillent.

— Je vais enfin devenir un pirate ! Je pourrai venir m'entraîner avec les autres, sur votre bateau ? demande-t-il à Sri Sumbhajee.

Le Seigneur Pirate hoche la tête.

— Parfait, se réjouit Jack. Tout est bien qui finit bien ! Et si on mangeait, maintenant ?

Au même moment, un garde arrive en courant.

— Seigneur Sri Sumbhajee ! C'est la catastrophe…

Diego, Carolina et Jack échangent un regard. Ils devinent déjà ce que le garde va annoncer…

— Le palais est attaqué ! Les bateaux de la Compagnie des Indes ont anéanti nos défenses… Ils ont envahi le port !

Tout le monde se lève. Les pirates brandissent leurs sabres, leurs épées et leurs pistolets. Carolina voit Jhumpa et Parvati sortir de longs couteaux tranchants de leurs saris. Les femmes ont l'air aussi prêtes à se battre que les hommes.

Sri Sumbhajee agite son épée en l'air.

— TOUS AU PORT ! ordonne Askay. Défendons notre île ! Sri Sumbhajee nous conduira à la victoire !

Pendant ce temps, Diego cherche Carolina dans la foule.

— Diego ! crie une voix féminine.

Il se retourne, plein d'espoir… Hélas, c'est Agathe. Elle se jette à son cou.

— Oh, Diego, protège-moi ! Mon cousin m'a abandonnée, personne ne m'aime, les pirates vont me tuer et…

— D'accord, soupire-t-il pour la faire taire. Nous allons te trouver une cachette.

— Oh, merci ! Tu es mon héros !

Soudain, Diego aperçoit Carolina dans un coin de la cour. La jeune fille se prépare elle aussi au combat.

— Carolina ! l'appelle-t-il.

Elle lui sourit et commence à venir vers

lui. Mais, tout à coup, Diego sent deux mains se presser sur son visage… Agathe l'embrasse sur la bouche !

Il essaie de la repousser, mais trop tard : Carolina a tout vu. Une expression triste se lit sur son visage. Elle se retourne, et disparaît dans la foule des pirates…

Furieux, Diego repousse Agathe, qui tombe à la renverse sur la pelouse.

— Eh ! proteste-t-elle. Attention, tu vas abîmer mon sari !

Mais Diego a deux problèmes plus urgents à régler : il doit retrouver Carolina, et se battre contre les agents de la Compagnie.

En se dirigeant vers les jardins extérieurs, il rencontre Billy Turner.

— Je savais qu'on aurait des problèmes, marmonne Billy. Jack provoque toujours des catastrophes sur son passage ! Je ne suis pas près de rentrer chez moi… ni de revoir mon fils, William…

— Vite, l'interrompt Diego en sortant son épée. Allons rejoindre les autres !

Ils traversent le jardin en courant et arrivent en haut de l'escalier qui descend vers le port. Là, ils restent pétrifiés d'horreur.

La crique est envahie par des dizaines de bateaux. Les agents de la Compagnie et les soldats de la Marine anglaise arrivent en chaloupes. D'autres sautent déjà à quai.

Benedict Huntington est l'un des premiers à débarquer en brandissant son épée. Sri Sumbhajee et ses hommes se précipitent vers lui. Leurs lames s'entre-choquent avec fracas !

— Où est Jack ? hurle Diego à l'oreille de Billy.

— Je ne sais pas, dit-il. C'est peut-être bon signe… ou alors très, très mauvais signe !

Les gardes qui surveillaient l'entrée de la cuisine sont déjà partis rejoindre les autres. À l'intérieur, les cuisiniers finissent de tout ranger.

Jack Sparrow passe sa tête à travers la porte.

— Heu… excusez-moi. Est-ce que je pourrais avoir du curry? Le plus pimenté possible. Et en grosses quantités!

Un cuisinier lui montre un chaudron.

Jack trempe son doigt pour goûter.

— Non, surtout pas! lui dit l'homme. C'est trop épicé, votre estomac ne le supportera pas!

— Je vous crois sur parole, l'ami, répond Jack.

Il repart avec le chaudron.

Les couloirs du palais sont déserts. Jack retrouve le chemin du jardin où, la veille, comme Diego et Carolina, il a dû se réfugier dans le temple pour échapper à l'éléphant…

Il s'arrête, son chaudron à la main.

Où cet éléphant peut-il bien être?

Non loin de là, une silhouette se fraie un passage à travers les buissons. Elle trouve l'entrée du petit temple et se glisse à l'intérieur.

— Barbara, c'est moi! appelle-t-elle.

Barbara Huntington se lève de l'autel de pierre où elle s'était assise, après avoir dégagé les bougies et les offrandes de fleurs pour se faire de la place.

— Agathe, te voilà! Est-ce que tu as trouvé à manger?

— Non, désolée. C'est la panique… le palais est attaqué!

Un petit sourire apparaît sur les lèvres de Barbara Huntington.

— Vraiment? Quelle surprise…

— Vous ne pouvez pas rester ici, c'est trop dangereux! dit Agathe. Mais je suis sûre que les agents de la Compagnie vous croiront si vous leur expliquez que vous n'êtes pas du côté des pirates.

— Oui, dit Barbara, quelque chose me dit que tu as raison…

— J'aimerais tant venir avec vous, soupire Agathe. Mais je dois rester pour mon cousin. Et pour Diego. Si nous survivons à cette horrible bataille, je suis sûre qu'il va me demander en mariage…

— Avant de partir, dit Barbara, j'aimerais t'offrir un cadeau.

Elle sort de sa poche un petit miroir.

— Pour moi? s'exclame Agathe. Oh, c'est beau! On ne m'offre jamais de cadeau. Je n'ai pas d'amis…

Barbara lui sourit.

— *Je* suis ton amie, dit-elle. Pense à moi chaque fois que tu te regarderas dans ce miroir. Comme ça, nous serons toujours ensemble. Confie-toi à ce miroir comme si tu te confiais à moi. Raconte-lui tout ce que tu fais… où tu es… où va le *Black Pearl*…

— Merci, dit Agathe en serrant le miroir contre son cœur.

Barbara pose sa main sur son épaule.

— Non, Agathe. Merci à *toi*…

Chapitre 11

Jack
a un plan

Sur les marches de l'escalier qui descend vers le port, la bataille fait rage. Les sabres et les épées s'entrechoquent. Les pirates tentent de résister, mais ils reculent sous l'assaut féroce des agents de la Compagnie.

Diego est sûr que Carolina est quelque part sur le quai, en train de se battre… Mais impossible de descendre. L'escalier est bloqué. Furieux, il fait les cent pas dans le jardin pour essayer de trouver une solution.

Tout à coup, il voit Jack passer au loin avec un chaudron à la main.

Qu'est-ce que mijote le capitaine Sparrow ? Intrigué, Diego le suit.

Jack fait le tour du palais et entre dans un long bâtiment percé de douze ouvertures en forme de voûtes. Diego lui emboîte le pas.

À l'intérieur, il fait noir. Quand ses yeux s'habituent enfin à l'obscurité, Diego comprend quel est ce lieu mystérieux. L'odeur aurait pourtant dû lui donner un indice, car il se trouve dans une étable. Une étable… qui abrite des animaux hors du commun.

Devant lui se trouve un énorme éléphant gris !

— Oh, oh… dit-il en reculant d'un pas.

Heureusement, l'animal a une corde attachée à l'une de ses pattes.

— Ah, Diego ! chuchote Jack. Rends-toi

utile, veux-tu? Détache-le et renverse son abreuvoir.

— Com… comment ça?

Jack roule des yeux, exaspéré.

— Je ne peux quand même pas tout faire moi-même, non? Regarde, ce n'est pas compliqué.

Il se dirige vers l'abreuvoir de l'éléphant, le soulève… et le renverse. L'eau se répand partout.

— Ça y est, tu l'as détaché? demande-t-il à Diego.

— Mais… mais… *qu'est-ce que vous faites?* On ne devrait pas être en train de se battre au lieu d'embêter ces éléphants?

— Diego, tu sais bien que j'ai toujours raison! Fais-moi confiance. Exécution!

Diego comprend qu'il est inutile de discuter. Avec un soupir, il s'accroupit pour observer la corde qui attache l'animal. Le nœud est trop compliqué à détacher. Diego sort son poignard et tranche la corde.

— Excellent ! commente Jack. Maintenant, fais pareil avec les autres !

À contrecœur, Diego se relève et parcourt la rangée des douze éléphants. Dans chaque stalle, il renverse l'eau et coupe la corde. Puis il rejoint Jack.

Le capitaine du *Black Pearl* est dans la sixième stalle, en train de verser le contenu de son chaudron dans la mangeoire de l'éléphant.

— Qu'est-ce que c'est ? demande Diego.

— De la bonne cuisine indienne. Tiens, essaie…

Diego trempe son doigt dans la sauce pour la goûter. Aussitôt, il a la gorge et la langue en feu.

— Jack… je… je… eau…

— Parfait, commente Jack en se dirigeant vers la stalle n° 7. C'est assez épicé. Imagine un peu la réaction des éléphants !

Diego tire la langue hors de sa bouche pour la rafraîchir.

— Qu… quoi?

— Réfléchis! s'exclame Sparrow. Le curry va leur donner soif. Mais ils n'auront plus d'eau… À ton avis, où iront-ils boire?

Diego comprend le plan de Jack: attirer les éléphants vers le port pour repousser l'ennemi!

— Mais… il faut prévenir nos camarades, sinon ils vont se faire piétiner!

— Ah oui, dit Jack en claquant des doigts. Je savais que j'oubliais un détail…

Diego part comme une flèche à travers le jardin pour rejoindre la mêlée.

— Écartez-vous! hurle-t-il en haut de l'escalier. Poussez-vous! Des éléphants!

BBBBRRRRRREEEEEEEEAAAAAAAAARRRR!

Les pirates ouvrent des yeux terrorisés. Diego se retourne.

Jack s'est réfugié sur le toit. Les douze éléphants surgissent de l'étable. Un par

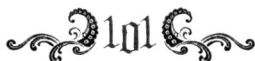

un, ils s'élancent d'un pas lourd à travers la pelouse et chargent en direction de l'escalier.

Dans la foule, les pirates poussent des cris de terreur. Certains grimpent dans les arbres, d'autres partent en courant. Askay et Pusasn soulèvent chacun Sri Sumbhajee par un bras pour le mettre à l'abri.

Lakshmi et Jean arrivent vers Diego.

— Où est Carolina ? leur demande-t-il.

— Sur le quai, répond Jean.

La terre tremble sous le pas furieux des éléphants. Ils approchent. Diego regarde en bas de l'escalier.

Les agents de la Compagnie commencent à monter les marches avec un sourire triomphal. Ils croient avoir repoussé les pirates eux-mêmes… Ils n'ont pas encore compris que des éléphants se dirigeaient droit sur eux !

Au loin, Diego aperçoit Carolina. Sur le ponton du *Black Pearl*, la jeune Espa-

gnole est engagée dans un duel féroce…
contre Benedict Huntington.

— Carolina !

Diego descend les marches à toute
vitesse. Les agents n'essaient même pas
de l'arrêter. Ils sont trop contents de
franchir le mur d'enceinte pour envahir
le palais de Sri Sumbhajee.

En arrivant sur le ponton, Diego sort
son épée.

— Et où allez-vous, comme ça ? fait une
voix glaciale.

Barbara Huntington s'interpose pour
lui barrer la route.

Derrière elle, son mari se bat contre
Carolina. La jeune fille se tient au bord
du ponton. Un pas de plus en arrière, et
elle va tomber dans l'eau…

— Laissez-moi passer ! crie Diego à
Barbara.

— Non, c'est à vous de…

Barbara s'interrompt. L'air horrifié, elle
fixe un point par-dessus l'épaule de Diego.

— Benedict, vite, fuyons !

Diego se retourne… Le plan de Jack a fonctionné !

Les soldats de la Marine britannique et les agents de la Compagnie redescendent l'escalier à toute vitesse pour fuir. C'est la panique totale. Certains plongent dans l'eau. D'autres se bousculent, se marchent dessus. Tout le monde crie.

Au sommet des marches, à travers la porte, un éléphant apparaît. Il agite sa trompe et pousse des barrissements affolés.

D'autres éléphants se pressent derrière lui, désespérés d'atteindre le quai pour boire.

Carolina et Diego sont en plein sur leur passage…

Chapitre 12

La fuite

— Vite, par ici! s'écrie Carolina en entraînant Diego sur la passerelle d'embarquement du *Black Pearl*.

Tout autour d'eux, les hommes se jettent dans des chaloupes ou plongent dans l'eau pour échapper aux éléphants.

— Regarde! s'écrie Diego en désignant l'unique sortie du port.

Des pirates se tiennent au sommet de la falaise, de chaque côté de la crique. Ils ont récupéré le rideau de mousse et le suspendent au-dessus des bateaux ennemis.

— Agents de la Compagnie des Indes! mugit une voix.

Carolina et Diego font volte-face. Sri Sumbhajee, Askay et Pusasn se tiennent sur le mur d'enceinte du palais. En dessous, les éléphants continuent à franchir la porte. Certains ont déjà atteint le quai: ils plongent leurs trompes dans l'eau pour boire et s'asperger.

— Sri Sumbhajee exige votre départ immédiat! s'exclame Askay dans un porte-voix. Sinon, il détruira vos bateaux!

Sur le pont du *Peacock*, Benedict agite les poings en l'air, mais personne n'entend ce qu'il dit.

— Nos hommes ont suspendu un rideau de mousse au-dessus de vos bateaux, poursuit Askay. Ils n'hésiteront pas y mettre le feu!

Sur la falaise, les pirates allument des torches. Diego comprend leur plan: s'ils mettent le feu au rideau de mousse et le jettent sur les bateaux, toute la flotte de la Compagnie sera ravagée par les flammes. Les agents se retrouveront coincés entre le feu et les éléphants !

— C'est votre dernière chance ! s'exclame Askay.

Pendant un moment, aucun bateau n'a l'air de bouger. Benedict gesticule sur le pont du *Peacock*, l'air furieux. Alors Barbara se place derrière le gouvernail et adresse des signaux aux membres d'équipage, qui prennent leurs positions.

— Ils s'en vont ! s'écrie Diego.

Voyant que le *Peacock* fait demi-tour, les autres bateaux l'imitent. Lentement, ils se dirigent vers la sortie et s'engouffrent dans le tunnel.

Soulagé, Diego se tourne vers Carolina pour la prendre dans ses bras. Mais elle recule d'un pas, glaciale.

— Quand les éléphants seront calmés, dit-elle, on ira retrouver Jack. Les agents vont sûrement revenir avec des renforts.

Puis elle s'éloigne sans lui laisser le temps de répondre.

La joie de Diego a été de courte durée.

Carolina lui en veut sûrement à cause du baiser de cette maudite Agathe.

Il faut qu'il lui dise la vérité !

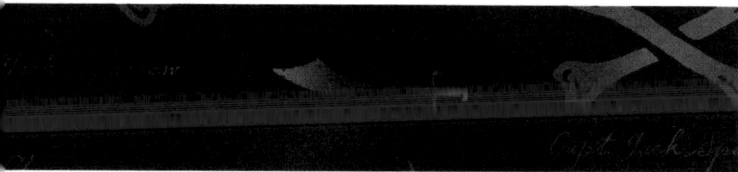

Assis confortablement sur le trône de Sri Sumbhajee, Jack savoure sa victoire. Les pirates reviennent au palais, à bout de souffle et épuisés. Ils s'écroulent sur la pelouse.

— Alors, c'était comment ? leur demande Jack. Un triomphe, bien sûr. Et grâce à qui ? Grâce à *moi* et à *mon* idée brillante !

— Oui, Jack, marmonne Barbossa. Merci de nous avoir envoyé un troupeau d'éléphants pour nous marcher dessus.

— Tu n'as pas l'air plus mince que d'habitude, constate Jack. Mais ton chapeau a souffert. Ah non, pardon… il a toujours eu l'air aussi ridicule.

Vexé, Barbossa s'éloigne pour aller rassembler ses affaires.

Carolina arrive en courant.

— Il faut partir d'ici, s'écrie-t-elle. Ils vont revenir !

— Au contraire, répond Jack. Nous ne pouvons pas partir. Nous n'avons pas encore obtenu ce que nous sommes venus chercher.

Diego arrive derrière elle, l'air abattu. Jack remarque que Carolina et lui ont l'air fâché. Il s'apprête à faire une remarque drôle quand Sri Sumbhajee et ses deux gardes font irruption.

En voyant Jack sur son trône, Sri Sumbhajee trépigne.

— Levez-vous de ce trône! Tout de suite! ordonne Pusasn.

— Moi, ça me plaît bien, ici, déclare Jack. Jolie vue.

Carolina se tourne vers Sri Sumbhajee.

— Nous avons démasqué votre assassin. Nous vous avons sauvé la vie. Vous avez une dette envers nous.

— Mais *vous* nous avez trahis en introduisant les agents de la Compagnie sur notre île! répond Askay.

— Je vous demande pardon? s'indigne Jack.

— Comme par hasard, ils sont arrivés juste après vous! dit Pusasn.

— Ah oui? remarque Jack. Et comment se fait-il que Sri Sumbhajee n'ait pas prévu l'attaque, malgré ses pouvoirs surnaturels? Sa barbe ne l'a pas chatouillé?

De rage, Sri Sumbhajee donne un coup de pied dans un pot de fleurs.

— DEHORS! s'écrie Askay. Vous n'êtes plus les bienvenus dans ce palais.

— Ne revenez jamais! ajoute Pusasn.

Tout à coup, le Seigneur Pirate de l'océan Indien bouscule ses deux gardes du corps. Il traverse la cour, franchit une porte et disparaît dans un couloir.

Jack, Carolina et Diego se retrouvent face à Pusasn et Askay.

— Vous deux, dit Jack aux jumeaux, je vous conseille de… ATTENTION, DERRIÈRE VOUS!

Les deux gardes se retournent, mais ne voient rien. Jack en profite pour sauter du trône et s'élancer à la poursuite de Sri Sumbhajee.

Chapitre 13

Le secret de Sri Sumbhajee

Jack franchit la porte et se retrouve dans un long couloir sombre, sans portes ni fenêtres. La seule lumière vient d'une torche fixée au mur, à côté d'une statue en forme de singe.

Sri Sumbhajee est introuvable. Où est-ce qu'il est passé ?

Jack a la chair de poule. Il se demande si Sri Sumbhajee n'a pas *vraiment* des pouvoirs surnaturels… Comment est-ce qu'il a pu fuir aussi vite ?

— Du calme, dit-il tout bas. Réfléchissons. Il n'y a pas d'autre issue. Peut-être que…

Tout en réfléchissant, il s'appuie contre le mur à côté de la statue et pose sa main sur la queue du singe.

Elle s'abaisse comme un levier. Jack bondit en sentant le mur bouger derrière lui…

Un passage secret! Voilà où a disparu Sri Sumbhajee!

Le mur s'ouvre et révèle un escalier en colimaçon. Jack s'y engage et commence à grimper les marches…

L'escalier est interminable.

Jack continue à monter, essoufflé. Tout à coup, il voit une lumière au-dessus de lui. Encore quelques marches, et il atteint enfin le haut de l'escalier.

Il se retrouve dans une pièce ronde entourée d'une grande baie vitrée, comme dans un phare. Jack comprend alors où il est: au sommet de la tour qui surplombe le dôme du palais de Sri Sumbhajee. La vue est impressionnante. On voit sur des kilomètres, dans toutes les directions... et même jusqu'à Bombay.

Le Seigneur Pirate Sri Sumbhajee est devant la fenêtre, le dos tourné. Grâce à un télescope, il observe l'arrivée des bateaux de la Compagnie dans le port de Bombay...

— Ah, s'exclame Jack, le voilà, votre pouvoir magique !

Sri Sumbhajee sursaute. De surprise, il lâche son télescope.

— Pas mal, votre petit observatoire secret, dit Jack. De là, vous voyez tous les bateaux qui arrivent !

Sri Sumbhajee est rouge de colère.

— Ouh... et qu'avons-nous, ici ? poursuit Jack en voyant une rangée de petits cônes posés par terre.

Chacun des cônes est relié à un tube qui s'enfonce dans le mur. Jack pose un cône contre son oreille, et entend :

« *Mais Lakshmi, je ne veux pas te quitter !* »
C'est la voix de Jean !

« *Je ne peux pas te suivre*, dit Lakshmi.
Je dois aider Sri Sumbhajee à combattre les Seigneur des Ombres. Mais quand tout sera fini, tu promets de revenir me chercher ? »

« *Promis !* » répond Jean.

Jack repose le cône. Il en a assez entendu.

— Vous espionnez votre propre palais, dit-il d'un ton accusateur. Pouvoirs magiques ? Pff, mon œil !

— Je vous ai ordonné de quitter mon île ! mugit Sri Sumbhajee.

Sous le choc, Jack a un mouvement de recul. Il se retient de pouffer de rire.

La voix de Sri Sumbhajee est aiguë et fluette… comme celle d'une petite fille de quatre ans. Ce n'est vraiment pas l'idéal pour commander, quand on est Seigneur Pirate. Pas étonnant qu'il fasse parler ses gardes du corps à sa place !

— Comme vous voudrez, dit Jack.

Mais j'ai une offre à vous faire : je promets de ne pas révéler le secret de vos pouvoirs surnaturels, ni celui de votre voix de fillette. En échange, donnez-moi la fiole d'Or des Ombres que vous avez reçue.

Sri Sumbhajee prend un air méfiant.

— Je savais que vous aviez une idée derrière la tête. Jack Sparrow est le pire voyou de l'océan !

— *Capitaine* Jack Sparrow. Et je suis un pirate, non ? Les pirates ont *toujours* une idée derrière la tête... Bon, cette fiole, ça vient ?

Avec un soupir, Sri Sumbhajee enfonce la main dans un pli de son turban et en sort un petit flacon rempli d'un liquide doré.

— À quoi est-ce que ça sert ? demande-t-il.

— Heu... à combattre le mal et à sauver le monde, répond Jack en lui prenant la fiole. Merci mille fois, mon bon ami, dit-il en s'inclinant. Je promets de garder votre secret !

Sans attendre la réaction de Sri Sumbhajee, Jack s'élance dans l'escalier.

Il retrouve ses compagnons dans le jardin, tous prêts à partir.

— Et la fiole ? lui demande Carolina.

Sparrow la brandit avec fierté.

— Parfait ! s'exclame la jeune fille. Comment l'avez-vous obtenue ?

— Je me suis battu comme un lion, répond Jack, fidèle à sa promesse. Sri Sumbhajee est le Seigneur Pirate le plus, heu… féroce de tous les temps. Non seulement sa barbe a des pouvoirs magiques, mais c'est une arme redoutable. Elle a poussé de dix mètres d'un seul coup pour s'enrouler autour de moi. Quel duel ! J'ai bien failli perdre… Heureusement, le capitaine Sparrow est toujours le plus fort.

— Enfin, nous allons quitter cet endroit maudit, marmonne Barbossa.

— Je me plaisais bien, dans ce palais, soupire Agathe. C'est joli, il y a plein de bijoux…

— Personne ne t'oblige à nous suivre, tu sais, dit Jack. Pourquoi est-ce que tu ne resterais pas vivre ici ?

Agathe lui tire la langue et croise les bras en lui tournant le dos.

Pendant ce temps, Jean et Lakshmi se disent au revoir.

— N'oublie pas ta promesse, dit-elle.

— C'est juré. Je reviendrai te chercher.

Bizarre, se dit Jack. *Une fille amoureuse de Jean, et pas de moi ? C'est le monde à l'envers !*

Les pirates traversent la pelouse pour rejoindre le ponton, où les attend le *Black Pearl*.

En descendant l'escalier qui mène vers le quai, Jack contemple son bateau avec fierté.

— Un palais n'est pas une habitation digne d'un pirate, dit-il. Un *vrai* pirate doit sentir l'air du grand large et le vent dans ses cheveux. Il n'a besoin que d'aventures et d'un bon bateau !

Carolina sourit.

— C'est *ce* genre de pirate que j'espère devenir, un jour, dit-elle. Quand nous aurons terminé notre quête et vaincu le Seigneur des Ombres !

Jack tapote la fiole dans la poche de sa veste.

— Plus que trois, murmure-t-il.

Cap sur Madagascar !

Une chaise vole à travers la cabine et s'écrase contre un buffet en verre.

— Je les tenais presque ! Deux Seigneurs Pirates d'un seul coup… et Jack Sparrow a *encore* réussi à m'échapper ! C'est de votre faute !

Assise sur le sofa, Barbara regarde son mari d'un air mécontent. Elle a retrouvé son apparence habituelle : elle porte une élégante robe de soie verte, et ses cheveux sont coiffés en un chignon piqué d'une plume de paon.

— Cessez de m'accuser, Benny. Donnez-moi plutôt votre miroir.

Benedict lui obéit.

— Pourquoi ? dit-il. Auriez-vous perdu le vôtre ?

Barbara ouvre le miroir et le frotte trois fois dans le sens des aiguilles d'une montre.

— Regardez…

Benedict se penche par-dessus son épaule. Le miroir montre l'image d'un bateau. À son mât flotte une voile noire.

Tout à coup, le visage d'Agathe apparaît en très gros plan. Les époux Huntington sursautent. Agathe admire son sourire dans le miroir. Elle ignore que le couple l'observe, de l'autre côté…

— Cher miroir, murmure-t-elle, j'attends que Diego vienne me rejoindre. Je vais lui montrer qu'il n'a pas besoin de cette stupide princesse espagnole…

Barbara échange un regard avec son mari. Ses yeux verts luisent d'un éclat cruel.

— N'avons-nous pas entendu parler d'une récompense en échange d'une princesse espagnole évadée ?

— En effet, dit Benedict en se frottant le menton.

— Nous devrions peut-être proposer notre aide au roi d'Espagne et toucher la récompense, suggère Barbara.

— J'ai une meilleure idée, répond son mari en sortant une lettre de sa poche. Une offre très intéressante…

Barbara lit le parchemin.

— Le Seigneur des Ombres… murmure-t-elle. Nos plans sont complémentaires, très cher. Regardez bien ce parchemin !

Benedict place la lettre à la lumière. Un sceau apparaît en transparence.

— Ce parchemin vient de chez cette vermine de Villanueva, marmonne-t-il.

— Le Seigneur Pirate d'Espagne, confirme Barbara. Voilà un secret intéressant. Nous pourrions l'utiliser à notre avantage.

— JACK !

Ils se tournent vers le miroir. Agathe l'a levé au-dessus de sa tête pour vérifier sa coiffure. Derrière, les époux Huntington voient Billy Turner se diriger vers le capitaine Jack Sparrow.

— Jack, dit Billy, Diego a aperçu une île.

— Parfait, répond Jack. Nous allons faire escale pour remplir nos provisions d'eau. Barbossa, combien de temps avant notre arrivée à Madagascar ?

Les époux Huntington sourient.

Benedict embrasse la main de sa femme et sort donner de nouveaux ordres à l'équipage.

À suivre...

Oy, oy ! Le capitaine Sparrow est en route pour l'Afrique :

Jack Sparrow est poursuivi par le couple Huntington ! Son équipage est en danger car les traîtres sont partout... L'affrontement entre les pirates et la Compagnie des Indes aura-t-il lieu sur l'île sauvage de Madagascar ?

Pour connaître la date de parution du tome 4, inscris-toi à la newsletter du site WWW.BIBLIOTHEQUEVERTE.COM

Embarque à bord
du Black Pearl...

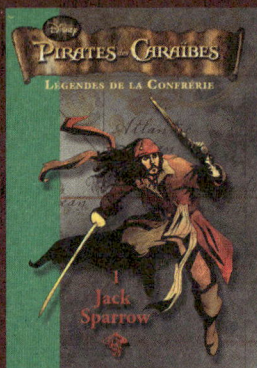

1. JACK SPARROW

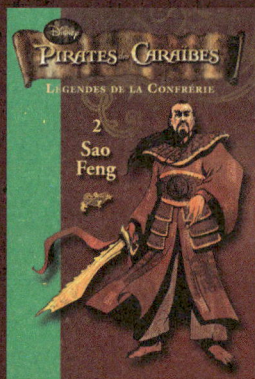

2. SAO FENG

Table

.

« Pour l'éditeur, le principe est d'utiliser des papiers composés de fibres naturelles, renouvelables, recyclables et fabriquées à partir de bois issus de forêts qui adoptent un système d'aménagement durable. En outre, l'éditeur attend de ses fournisseurs de papier qu'ils s'inscrivent dans une démarche de certification environnementale reconnue. »

Composition **Nord Compo** – Villeneuve d'Ascq

Imprimé en France par Jean-Lamour - Groupe Qualibris
Dépôt légal : septembre 2009
20.07.1932.1/01 – ISBN 978-2-01-201932-4
Loi n°49-956 du 16 juillet 1949
sur les publications destinées à la jeunesse